El niño que no creía en la primavera

El niño que no

LUCILLE CLIFTON

creía en la primavera

ilustraciones de BRINTON TURKLE

versión en español de Alma Flor Ada

E. P. DUTTON & CO., INC.   NEW YORK

Library of Congress Cataloging in Publication Data

Clifton, Lucille   El niño que no creía en la primavera

Translation of *The boy who didn't believe in Spring.*
ISBN 0-525-27145-7

SUMMARY: Two skeptical city boys set out to find Spring,
which they've heard is "just around the corner."

[1. Spring—Fiction   2. City and town life—Fiction.
3. Spanish language—Readers]   I. Turkle, Brinton.
II. Title.
PZ73.C56   1976   [468]   [E]   75-34070
ISBN 0-525-29170-9

Published simultaneously in Canada by Clarke,
Irwin & Company Limited, Toronto and Vancouver

Typography by Nancy Danahy
Printed in the U.S.A.   First Edition
10 9 8 7 6 5 4 3 2 1

1898535

Para Shawnie

Había una vez un niño llamado King Shabazz que
no creía en la primavera.

—¡No hay tal cosa!—murmuraba cada vez que su
maestra hablaba de la primavera en la escuela.

—¿Dónde está? —gritaba cada vez que su mamá hablaba de la primavera en casa.

Cuando los días empezaron a volverse más tibios y más largos, King se sentaba frente a su casa, en el primer escalón, a conversar sobre la primavera con su amigo Toni Polito.

— Todo el mundo habla de la primavera — le decía a Toni.

— ¡Valiente cosa! — respondía Toni.

— ¡No hay tal cosa! — le decía King a Toni.

— ¡Claro que no! — respondía Toni.

Un día después que la maestra había hablado de pájaros azules y su mamá había empezado a hablar de plantas que crecen, King Shabazz decidió que se había cansado de oir tales cosas. Se puso su chaqueta y sus anteojos oscuros y fue a buscar a Toni Polito.

— Mira, chico — le dijo King cuando se sentaron en el primer escalón — me voy a buscar un poco de esa primavera.

— ¿Qué quieres decir, chico? — le preguntó Toni.

— Todo el mundo está hablando de que viene la primavera, de que ya llega. Yo me voy a ir por ahí y voy a ver qué es lo que descubro.

Toni Polito miró a King Shabazz levantarse y subirse los anteojos oscuros.

— ¿Vienes conmigo, chico? — le dijo mientras se los ajustaba.

Toni Polito lo pensó un momento. Luego se levantó y le dio vuelta a su gorra.

— ¡Claro! — respondió Toni Polito.

King Shabazz y Toni Polito habían ido solos antes al
doblar de la esquina, pero nada más que hasta el semáforo.

Pasaron le escuela y el campo de juegos.

— Aquí no hay ninguna primavera — dijo King Shabazz riéndose. — Ni un poquito — asintió Toni Polito.

Pasaron junto a una pastelería llamada Weissman. Se pararon un momento junto a la puerta del costado de la pastelería y olieron los pasteles.

—¡Qué rico huele!—murmuró Toni.

—Pero no es la primavera—respondió al instante King.

Pasaron frente a los apartamentos y caminaron rápidamente por si acaso se encontraban con Junior Williams. Junior había dicho en la escuela que iba a pegarles a los dos.

Por fin llegaron al semáforo. Toni se paró e hizo como si tuviera que amarrarse un zapato, para ver qué iba a hacer King. King se paró y sopló sus anteojos de sol para limpiarlos y ver qué iba a hacer Toni. Se quedaron allí parados hasta que el semáforo cambió dos veces. Entonces King sonrió a Toni y Toni sonrió a King. Y los dos cruzaron la calle corriendo.

—Bueno, si la encontramos tendrá que ser ahora—dijo King Shabazz.

Toni no dijo nada. Se quedó parado, mirándolo todo.

— Bueno, vamos, chico — murmuró King y siguieron caminando.

Pasaron la Iglesia de la Roca Sólida de altas ventanas
muy decoradas y muy bonitas.

Pasaron un restaurante con pequeñas mesitas redondas
junto a la ventana. Y llegaron a un lugar donde vendían
comida al paso y se quedaron parados un momento junto a
la puerta para oler la salsa.

—¡Como me gustaría un poco de eso!—murmuró
King.

—¡Y a mí!—murmuró Toni con los ojos cerrados.
Y siguieron caminando más despacio.

Justo al pasar unos edificios de apartamentos se encontraron con un solar vacío. Era un lote pequeño y por tres lados estaba cercado por las altas paredes de los edificios de apartamentos. Tres paredes alrededor y justo en el medio: ¡un carro!

El carro era una maravilla. No tenía ruedas ni puertas, pero era rojo oscuro y estaba encima de una enorme pila de tierra en el medio del lote.

— Ay, chico, ay, chico — murmuró King.

— Ay, chico — murmuró Toni.

Justamente entonces oyeron el ruido.

Era un ruidito prolongado, como de cosas suaves frotando contra algo áspero y venía del carro. Se oyó otra vez. King miró a Toni y le agarró la mano.

— Vamos a ver lo que es, chico — murmuró King. Pensaba que Toni iba a decir que no, que vámonos a casa. Pero Toni miró a King y le apretó fuertemente la mano.

— ¡ Claro! —le dijo lentamente.

Los dos chicos se quedaron allí parados un minuto y luego empezaron a caminar de puntillas hacia el carro. Atravesaron muy lentamente el lote. Cuando estaban a la mitad del camino del carro, Toni tropezó y casi se cayó. Miró hacia abajo y vio un grupito de flores amarillas que asomaban sus cabecitas puntiagudas entre unas hojitas verdes.

— ¡ Chico, creo que pisaste esta cosecha!—se rió King.

— ¡ Están saliendo! — gritó Toni. — ¡ Mira, las plantas están brotando!

1898535

Y, justo entonces, mientras Toni gritaba, oyeron otro ruido, como de montón de cosas que aletearan en el aire, y cuando miraron al carro vieron que tres pájaros salían volando por uno de los huecos de las puertas hacia la paredes de uno de los apartamentos.

King y Toni corrieron al carro para ver dónde habían estado los pájaros. Tuvieron que trepar un poco para llegar a la puerta y asomarse.

Se quedaron allí parados por un rato sin decir nada. Allí, en el asiento delantero, en medio de algo que parecía algodón, había un nido. Y en el nido había cuatro huevos azul claro. Celestes. King se quitó los anteojos oscuros.

— Chico, es la primavera — dijo casi como si hablara consigo mismo.

— ¡Antonio Polito!

King y Toni saltaron de la loma. Alguien estaba llamando a Toni a gritos.

— ¡Antonio Polito!

Los chicos dieron media vuelta y empezaron a salir del solar vacío. Marco, el hermano de Toni, estaba parado a la orilla del lote y se le veía bien enojado.

—Mamá te va a pegar después que yo termine contigo, ¡bandolero! — le gritó.

King Shabazz miró a Toni Polito y le apretó la mano.

— Ya llegó la primavera — le dijo a Toni muy bajito.

— ¡Claro! — le murmuró Toni Polito.

LUCILLE CLIFTON fue la ganadora del Premio Descubrimiento en el Centro de Poesía del YMHA en la ciudad de Nueva York en 1969. Desde entonces sus libros para niños han incluído *The Black B C's, Don't You Remember?* y *Good, Says Jerome*. Lucille Clifton nació en Depew, Nueva York, y estudió en la Universidad de Howard en Washington, D.C. Vive en Baltimore, Maryland, con su esposo y sus seis hijos.

BRINTON TURKLE es el bien conocido autor e ilustrador de los libros de Obadiah y el ilustrador de muchos otros libros. Brinton Turkle dice — *El niño que no creía en la primavera* me ha ayudado a redescrubrir Nueva York, haciendo bocetos de chaquetas y zapatos de niños, omnibuses, semáforos y avisos de las calles.

ALMA FLOR ADA nació en Camagüey, Cuba. Estudió en España y ha vivido y enseñado en el Perú. Ha vivido en diferentes áreas de los Estados Unidos, como estudiante, como "scholar" en el Radcliffe Institute y como profesora universitaria.

Ha escrito muchos textos escolares y libros en español para niños y está dedicada a la promoción de los derechos educativos de los niños minoritarios. Es Coordinadora de Entrenamiento de Maestros y Recursos en el Bilingual Education Service Center en Illinois, donde vive ahora con sus cuatro niños.